轻轻的我走了,
正如我轻轻的来;
我轻轻的招手,
作别西天的云彩。

那河畔的金柳,
是夕阳中的新娘;
波光里的艳影,
在我的心头荡漾。

志摩

现代中国最美的诗

雪花的快乐
Xu Zhimo's Poetry Collection
徐志摩诗集

人民文学出版社

图书在版编目(CIP)数据

雪花的快乐：徐志摩诗集／徐志摩著．—北京：人民文学出版社，2020
（现代中国最美的诗）
ISBN 978-7-02-014312-2

Ⅰ．①雪… Ⅱ．①徐… Ⅲ．①诗集—中国—现代 Ⅳ．① I226

中国版本图书馆 CIP 数据核字（2018）第 113122 号

责任编辑　刘　伟
装帧设计　刘　静
责任印制　任　祎

出版发行　人民文学出版社
社　　址　北京市朝内大街 166 号
邮政编码　100705
网　　址　http://www.rw-cn.com

印　　刷　河北鹏润印刷有限公司
经　　销　全国新华书店等

字　　数　37 千字
开　　本　880 毫米×1230 毫米　1/32
印　　张　5.375　插页 3
印　　数　1—10000
版　　次　2020 年 6 月北京第 1 版
印　　次　2020 年 6 月第 1 次印刷

书　　号　978-7-02-014312-2
定　　价　49.00 元

如有印装质量问题，请与本社图书销售中心调换。电话：010-65233595

目 录

草上的露珠儿 001

春 004

私语 006

小诗 009

月夜听琴 010

《两尼姑》或《强修行》 015

笑解烦恼结（送幼仪） 020

哀曼殊斐儿 022

月下待杜鹃不来 027

悲思 028

破庙 030

月下雷峰影片 032

去罢 035

沙扬娜拉十八首 036

问谁 042

冢中的岁月 047

为要寻一个明星 049

在那山道旁 050

雪花的快乐 052

不再是我的乖乖　054

这是一个懦怯的世界　056

她怕他说出口　058

翡冷翠的一夜　060

海韵　064

多谢天！我的心又一度的跳荡　071

我有一个恋爱　073

春的投生　075

她是睡着了　079

难得　082

为谁　083

客中　087

再不见雷峰　089

别拧我，疼　090

这年头活着不易　091

我来扬子江边买一把莲蓬　093

丁当——清新　095

梅雪争春（纪念三一八）　096

再休怪我的脸沉　099

半夜深巷琵琶　103

偶然　104

人变兽（战歌之二）　107

"拿回吧，劳驾，先生"　108

两地相思 110

秋虫 113

哈代 115

我不知道风是在那一个方向吹 118

生活 120

恋爱到底是什么一回事 123

他眼里有你 125

再别康桥 126

枉然 128

活该 129

我等候你 131

秋月 136

爱的灵感
——奉适之 138

山中 157

两个月亮 158

在病中 160

火车禽住轨 162

云游 165

你去 166

草上的露珠儿

草上的露珠儿
　　颗颗是透明的水晶球,
新归来的燕儿
　　在旧巢里呢喃个不休;

诗人哟!可不是春至人间
　　　还不开放你
　　　创造的喷泉,
嗤嗤!吐不尽南山北山的璠瑜,
　　　洒不完东海西海的琼珠,
　　　融和琴瑟箫笙的音韵,
　　　饮餐星辰日月的光明!
诗人哟!可不是春在人间
　　　还不开放你
　　　创造的喷泉!
这一声霹雳
　　震破了漫天的云雾,
显焕的旭日

作于一九二二年十一月二十三日;初刊于《徐志摩全集》第一辑,台湾传记文学出版社一九六九年出版。

又升临在黄金的宝座；
柔软的南风
　　吹皱了大海慷慨的面容，
洁白的海鸥
　　上穿云下没波自在优游；

诗人哟！可不是趁航时候，
　　　还不准备你
　　　　歌吟的渔舟！
看哟！那白浪里
　　　金翅的海鲤，
　　　白嫩的长鲵，
　　　虾须和蟛脐！
快哟！一头撒网一头放钩，
　　　　收！　　收！
　　你父母妻儿亲戚朋友
　　　享定了希世的珍馐。
诗人哟！可不是趁航时候，
　　　还不准备你
　　　　歌吟的渔舟！

诗人哟！

你是时代精神的先觉者哟！

你是思想艺术的集成者哟！

你是人天之际的创造者哟！

你资材是河海风云，

鸟兽花草神鬼蝇蚊，

一言以蔽之：天文地文人文；

你的洪炉是"印曼桀乃欣"[①]，

永生的火焰"烟士披里纯"[②]，

炼制着诗化美化灿烂的鸿钧；

你是高高在上的云雀天鹨，

纵横四海不问今古春秋，

散布着希世的音乐锦绣；

你是精神困穷的慈善翁，

你展览真善美的万丈虹，

你居住在真生命的最高峰！

① 即 imagination，想象力。
② 即 inspiration，灵感。

春

　　康河右岸皆学院，左岸牧场之背，榆荫密覆，大道纡回，一望葱翠，春光浓郁。但闻虫□鸟语，校舍寺塔掩映林巅，真胜处也。迩来草长日丽，时有情偶隐卧草中，密话风流。我常往复其间，辄成左作。

河水在夕照里缓流，
幕霞胶抹树干树头；
蚱蜢飞，蚱蜢戏吻草尖尖，
我在春草里看看走走。

蚱蜢匐伏在钱花胸前，
钱花羞得不住的摇头，
草里忽伸出支藕嫩的手，
将孟浪的跳虫拦腰紧拶。

金花菜，银花菜，星星澜澜，
点缀着天然温暖的青毡，
青毡上青年的情偶，

约一九二二年春作；初刊于一九二三年五月三十日上海《时事新报》副刊《学灯》，题名《春》。

情意胶胶，情话啾啾。

我点头微笑，南向前走，
观赏这青透春透的围围，
树尽交柯，草也骈偶，
到处是缱绻，是绸缪。

雀儿在人前猥盼亵语，
人在草处心欢面赧，
我羡他们的双双对对，
有谁羡我孤独的徘徊？

孤独的徘徊！
我心头何尝不热奋震颤，
答应这青春的呼唤，
燃点着希望灿灿，
春呀！你在我怀抱中也！

私语

一九二二年七月二十一日作；初刊于一九二三年四月三十日上海《时事新报》副刊《学灯》。

秋雨在一流清冷的秋水池，

一棵憔悴的秋柳里，

一条怯怜的秋枝上，

一片将黄未黄的秋叶上，

听他亲亲切切喁喁唼唼，

私语三秋的情思情事，情语（诗）情节，

临了轻轻将他拂落在秋水秋波的秋晕里，

一涡半转，跟着秋流去。

这秋雨的私语，三秋的情思情事，情诗情节，

也掉落在秋水秋波的秋晕里，

一涡半转，跟着秋流去。

七月二十一日

青年徐志摩

青年徐志摩

小诗

月,我含羞地说,
请你登记我冷热交感的情泪,
在你专登泪债的哀情录里;

月,在哽咽着说,
请你查一查我年来的滴滴清泪
是放新账还是清旧欠呢?

约作于一九二二年七月;初刊于一九二三年四月三十日上海《时事新报》副刊《学灯》。

月夜听琴

约一九二二年八月前作;初刊于一九二三年四月一日上海《时事新报》副刊《学灯》。

是谁家的歌声,
和悲缓的琴音,
星茫下,松影间,
有我独步静听。

音波,颤震的音波,
穿破昏夜的凄清,
幽冥,草尖的鲜露,
动荡了我的灵府。

我听,我听,我听出了
琴情,歌者的深心,
枝头的宿鸟休惊,
我们已心心相印。

休道她的芳心忍,
她为你也曾吞声,
休道她淡漠,冰心里

满蕴着热恋的火星。

记否她临别的神情，
满眼的温柔和酸辛，
你握着她颤动的手——
一把恋爱的神经？

记否你临别的心境，
冰流沦彻你全身，
满腔的抑郁，一海的泪，
可怜不自由的魂灵？

松林中的风声哟！
休扰我同情的倾听；
人海中能有几次
恋潮淹没我的心滨？

那边光明的秋月，
已经脱卸了云衣，
仿佛喜声地笑道：
"恋爱是人类的生机！"

我多情的伴侣哟!
我羡你蜜甜的爱唇,
却不道黄昏和琴音
聊就了你我的神交?

青年徐志摩

中年徐志摩

《两尼姑》或《强修行》

约作于一九二二年十一月；初刊于一九二三年五月五日上海《时事新报》副刊《学灯》。

一

门前几行竹，
后园树荫翳，
墙苔斑驳日影迟，
清妙静淑白岩庵，

庵里何人居？
修道有女师：
大师正中年，
小师甫二十。

大师昔为大家妇，
夫死誓节作道姑，
小师祝发心悲切，
字郎不幸音尘绝。

彼此同怜运不济，

持斋奉佛山隈里；
花开花落春来去，
庵堂里尽日念阿弥。

佛堂庄洁供大士，
大士微笑手拈花，
春慵画静风日眠，
木鱼声里悟禅机。

禅机悟未得，
凡心犹兀兀：
大师未忘人间世，
小师情孽正放花。

情孽放花不自知，
芳心苦闷说无词；
可怜一对笼中鸟，
尽日呢喃尽日悲。

长尼多方自譬解，
人间春色亦烟花：
筵席大小终须散，

出家岂有再还家。

二

繁星天，明月夜，
春花茂，秋草败，
燕双栖，子规啼，
蝶恋花，蜂收蕊——
自然风色最恼人，
出家人对此浑如醉。

门前竹影疏，
后圃树荫绵，
蒲团氤氲里，
有客来翩翩。

客来慕山色，
随喜偶问庵，
小师出应门，
腮颊起红痕。

红痕印颊亦印心，

小女冠自此懒讽经：
佛缘，
尘缘——
两不可相兼；
枯寂，
生命——
弱俗抑率真?

神气顿恍惚，
清泪湿枕衾，
幼尼亦不言，
长尼亦不同。

三

竹影当婆娑，
树荫犹掩映，
如何白岩庵，
不见修行人?

佛堂佛座尽灰积，
拈花大士亦蒙尘，

子规空啼月,
蜘网布庵门。

疏林发凉风,
荒圃有余薪,
鸦闹斜阳里,
似笑强修行!

笑解烦恼结

（送幼仪）

初刊于一九二二年十一月八日《新浙江报·新朋友》。

一

这烦恼结，是谁家扭得水尖儿难透？
这千丝万缕烦恼结是谁家忍心机织？
这结里多少泪痕血迹，应化沉碧！
忠孝节义——咳，忠孝节义谢你维系
　　　四千年史髅不绝，
却不过把人道灵魂磨成粉屑，
黄海不潮，昆仑叹息，
四万万生灵，心死神灭，中原鬼泣！
咳，忠孝节义！

二

东方晓，到底明复出，
如今这盘糊涂账，
如何清结？

三

莫焦急,万事在人为,只消耐心
　　共解烦恼结。
虽严密,是结,总有丝缕可觅,
莫怨手指儿酸、眼珠儿倦,
可不是抬头已见,快努力!

四

如何!毕竟解散,烦恼难结,烦恼苦结。
来,如今放开容颜喜笑,握手相劳;
此去清风白日,自由道风景好。
听身后一片声欢,争道解散了结儿,
　　消除了烦恼!

六月

哀曼殊斐儿

一九二三年三月十一日作,初刊于一九二三年三月十八日《努力周报》第四期。

我昨夜梦入幽谷,
　　听子规在百合丛中泣血,
我昨夜梦登高峰,
　　见一颗光明泪自天堕落。

古罗马的郊外有座墓园,
　　静偃着百年前客殇的诗骸;
百年后海岱士①黑辇的车轮,
　　又喧响在芳丹卜罗的青林边。

说宇宙是无情的机械,
　　为甚明灯似的理想闪耀在前?
说造化是真美善之表现,
　　为甚五彩虹不常住天边?

我与你虽仅一度相见——

---

① 海岱士,希腊神话中的冥界或冥府。

但那二十分不死的时间!
谁能信你那仙姿灵态,
　　竟已朝雾似的永别人间?

非也! 生命只是个实体的幻梦:
　　美丽的灵魂,永承上帝的爱宠;
三十年小住,只似昙花之偶现,
　　泪花里我想见你笑归仙宫。

你记否伦敦约言,曼殊斐儿!
　　今夏再见于琴妮湖之边;
琴妮湖永抱着白朗矶的雪影,
　　此日我怅望云天,泪下点点!

我当年初临生命的消息,
　　梦也似的骤感恋爱之庄严;
生命的觉悟是爱之成年,
　　我今又因死而感生与恋之涯沿!

因情是掼不破的纯晶,
　　爱是实现生命之唯一途径:
死是座伟秘的洪炉,此中

凝炼万象所从来之神明。

我哀思焉能电花似的飞骋,
　感动你在天日遥远的灵魂?
我洒泪向风中遥送,
　问何时能戡破生死之门?

1920 年代，光华大学任教时的徐志摩

徐志摩斜倚枝上

月下待杜鹃不来

看一回凝静的桥影,
数一数螺钿的波纹,
我倚暖了石阑的青苔,
青苔凉透了我的心坎。

月儿,你休学新娘羞,
把锦被掩盖你光艳首,
你昨宵也在此勾留,
可听她允许今夜来否?

听远村寺塔的钟声,
像梦里的轻涛吐复收,
省心海念潮的涨歇,
依稀漂泊踉跄的孤舟。

水粼粼,夜冥冥,思悠悠,
何处是我恋的多情友;
风飕飕,柳飘飘,榆钱斗斗,
令人长忆伤春的歌喉。

初刊于一九二三年三月二十九日上海《时事新报》副刊《学灯》。

悲思

一九二三年五月十三日作;初刊于一九二三年五月二十日《努力周报》第五十三期。

悲思在庭前——

　　不;但看

　新萝憨舞,

　紫藤吐艳,

　蜂恣蝶恋——

悲思不在庭前。

悲思在天上——

　　不;但看

　青白长空,

　气宇晴朗,

　云雀回舞——

悲思不在天上。

悲思在我笔里——

　　不;但看

　白净长毫,

　正待抒写,

浩坦心怀——

悲思不在我的笔里。

悲思在我纸上——

　　　不；但看

　　质净色清，

　　似在觑盼，

　　诗意春情——

悲思不在我的纸上。

悲思莫非在我……

　　　心里——

　　心如古墟，

　　野草不株，

　　心如冻泉，

　　冰结活源，

　　心如冬虫，

　　久蛰久噤——

不，悲思不在我的心里！

五月十三日

破庙

初刊于一九二三年六月十一日《晨报·文学旬刊》。

慌张的急雨将我
赶入了黑丛丛的山坳,
迫近我头顶在腾拿,
恶狠狠的乌龙巨爪;
枣树兀兀的隐蔽着
一座静悄悄的破庙,
我满身的雨点雨块,
躲进了昏沉沉的破庙。

雷雨越发来得大了:
霍隆隆半天里霹雳,
豁喇喇林叶树根苗,
山谷山石,一齐怒号,
千万条的金剪金蛇,
飞入阴森森的破庙,
我浑身战抖,趁电光
估量这冷冰冰的破庙。

我禁不住大声喊叫；
电光火把似的照耀，
照出我身旁神龛里
一个青面狞笑的神道，
电光去了，霹雳又到，
不见了狞笑的神道，
硬雨石块似的倒泻——
我独身藏躲在破庙。

千年万年应该过了！
只觉得浑身的毛窍，
只听得骇人的怪叫，
只记得那凶恶的神道，
忘了我现在的破庙；
好容易雨收了，雷休了，
血红的太阳，满天照耀，
照出一个我，一座破庙！

月下雷峰影片

一九二三年九月二十六日作;初刊于一九二五年八月中华书局《志摩的诗》。

我送你一个雷峰塔影,
　　满天稠密的黑云与白云;
我送你一个雷峰塔顶,
　　明月泻影在眠熟的波心。

深深的黑夜,依依的塔影,
　　团团的月彩,纤纤的波鳞——
假如你我荡一支无遮的小艇,
　　假如你我创一个完全的梦境!

吸烟时的徐志摩

徐志摩、张幼仪与友人合影

去罢

去罢,人间,去罢!
　我独立在高山的峰上;
去罢,人间,去罢!
　我面对着无极的穹苍。

去罢,青年,去罢!
　与幽谷的香草同埋;
去罢,青年,去罢!
　悲哀付与暮天的群鸦。

去罢,梦乡,去罢!
　我把幻景的玉杯摔破;
去罢,梦乡,去罢!
　我笑受山风与海涛之贺。

去罢,种种,去罢!
　当前有插天的高峰;
去罢,一切,去罢!
　当前有无穷的无穷!

作于一九二四年五月二十日,初刊于一九二四年《小说月报》第十五卷第四号。

沙扬娜拉十八首

约作于一九二四年七月;初刊于《志摩的诗》,中华书局一九二五年八月出版。

我记得扶桑海上的朝阳,
　黄金似的散布在扶桑的海上;
我记得扶桑海上的群岛,
　翡翠似的浮沤在扶桑的海上——
　　沙扬娜拉!

趁航在轻涛间,悠悠的,
　我见有一星星古式的渔舟,
像一群无忧的海鸟,
　在黄昏的波光里息羽优游,
　　沙扬娜拉!

这是一座墓园;谁家的墓园
　占尽这山中的清风,松馨与流云?
我最不忘那美丽的墓碑与碑铭,
　墓中人生前亦有山风与松馨似的清明——
　　沙扬娜拉!
　　　　(神户山中墓园)

听几折风前的流莺,

　　看阔翅的鹰鹞穿度浮云,

我倚着一本古松瞑睟:

　　问墓中人何似墓上人的清闲?——

　　　沙扬娜拉!

　　　　(神户山中墓园)

健康,欢欣,疯魔,我羡慕

　　你们同声的欢呼"阿罗呀喈!"

我欣幸我参与这满城的花雨,

　　连翩的蛱蝶飞舞,"阿罗呀喈!"

　　　沙扬娜拉!

　　　　(大阪典祝)

增添我梦里的乐音——便如今——

　　一声声的木屐,清脆,新鲜,殷勤,

又况是满街艳丽的灯影,

　　灯影里欢声腾跃,"阿罗呀喈!"

　　　沙扬娜拉!

　　　　(大阪典祝)

仿佛三峡间的风流,
　　保津川有青嶂连绵的锦绣;
仿佛三峡间的险巇,
　　飞沫里趁急矢似的扁舟——
　　　　沙扬娜拉!
　　　　　(保津川急湍)

度一关湍险,驶一段清涟,
　　清涟里有青山的倩影;
撑定了长篙,小驻在波心,
　　波心里看闲适的鱼群——
　　　　沙扬娜拉!
　　　　　(同前)

静!且停那桨声胶爱,
　　听青林里嘹亮的欢欣,
是画眉,是知更?像是滴滴的香液,
　　滴入我的苦渴的心灵——
　　　　沙扬娜拉!
　　　　　(同前)

"乌塔":莫讪笑游客的疯狂,

舟人,你们享尽山水的清幽,
喝一杯"沙鸡",朋友,共醉风光,
"乌塔,乌塔!"山灵不嫌粗鲁的歌喉——
　　沙扬娜拉!
　　　（同前）

我不辨——辨亦无须——这异样的歌词,
　像不逞的波澜在岩窟间吽嘶,
像衰老的武士诉说壮年时的身世,
　"乌塔乌塔!"我满怀滟滟的遐思——
　　沙扬娜拉!
　　　（同前）

那是杜鹃!她绣一条锦带,
　迤逦着那青山的青麓;
阿,那碧波里亦有她的芳躅,
　碧波里掩映着她桃蕊似的娇怯——
　　沙扬娜拉!
　　　（同前）

但供给我沉酣的陶醉,
　不仅是杜鹃花的幽芳;

倍胜于娇柔的杜鹃，
　　最难忘更娇柔的女郎！
　　　　沙扬娜拉！

我爱慕她们体态的轻盈，
　　妩媚是天生，妩媚是天生！
我爱慕她们颜色的调匀，
　　蛱蝶似的光艳，蛱蝶似的轻盈——
　　　　沙扬娜拉！

不辜负造化主的匠心，
　　她们流盼中有无限的殷勤；
比如薰风与花香似的自由，
　　我餐不尽她们的笑靥与柔情——
　　　　沙扬娜拉！

我是一只幽谷里的夜蝶：
　　在草丛间成形，在黑暗里飞行，
我献致我翅羽上美丽的金粉，
　　我爱恋万万里外闪亮的明星——
　　　　沙扬娜拉！

我是一只酣醉了的花蜂：
　我饱啜了芬芳，我不讳我的猖狂：
如今，在归途上嘤嗡着我的小嗓，
　想赞美那别样的花酿，我曾经恣尝——
　　沙扬娜拉！

最是那一低头的温柔，
　像一朵水莲花不胜凉风的娇羞，
道一声珍重，道一声珍重，
　那一声珍重里有蜜甜的忧愁——
　　沙扬娜拉！

问谁

约作于一九二四年秋,初刊于《志摩的诗》,中华书局一九二五年八月出版。

问谁？阿，这光阴的播弄
　　问谁去声诉，
在这冻沉沉的深夜，凄风
　　吹拂她的新墓？

"看守，你须用心的看守，
　　这活泼的流溪，
莫错过，在这清波里优游，
　　青脐与红鳍！"

那无声的私语在我的耳边
　　似曾幽幽的吹嘘，——
像秋雾里的远山，半化烟，
　　在晓风前卷舒。

因此我紧揽着我生命的绳网，
　　像一个守夜的渔翁，
兢兢的，注视着那无尽流的时光——
　　私冀有彩鳞掀涌。

但如今，如今只余这破烂的渔网——
　　嘲讽我的希冀，
我喘息的怅望着不复返的时光：
　　泪依依的憔悴！

又何况在这黑夜里徘徊，
　　黑夜似的痛楚：
一个星芒下的黑影凄迷——
　　留连着一个新墓！

问谁……我不敢怆呼，怕惊扰
　　这墓底的清淳；
我俯身，我伸手向她搂抱——
　　阿，这半潮润的新坟！

这惨人的旷野无有边沿，
　　远处有村火星星，
丛林中有鸱鸮在悍辩——
　　此地有伤心，只影！

这黑夜，深沉的，环包着大地：
　　笼罩着你与我——

你，静凄凄的安眠在墓底；
　　我，在迷醉里摩挲！

正愿天光更不从东方
　　按时的泛滥：
我便永远依偎着这墓旁——
　　在沉寂里消幻——

但青曦已在那天边吐露，
　　苏醒的林鸟，
已在远近间相应的喧呼——
　　又是一度清晓。

不久，这严冬过去，东风
　　又来催促青条：
便妆缀这冷落的墓宫，
　　亦不无花草飘飖。

但为你，我爱，如今永远封禁
　　在这无情的地下——
我更不盼天光，更无有春信：
　　我的是无边的黑夜！

徐志摩与友人合影赠胡适

徐志摩与刘海粟

冢中的岁月

白杨树上一阵鸦啼,

白杨树上叶落纷披,

白杨树下有荒土一堆:

亦无有青草,亦无有墓碑;

亦无有蛱蝶双飞,

亦无有过客依违,

有时点缀荒野的暮霭,

土堆邻近有青磷闪闪。

埋葬了也不得安逸,

髑髅在坟底叹息;

舍手了也不得静谧,

髑髅在坟底饮泣。

破碎的愿望梗塞我的呼吸,

伤禽似的震悸着他的羽翼;

白骨放射着赤色的火焰——

初刊于一九二四年十月十五日《晨报·文学旬刊》,题名《白杨树上》。

却烧不尽生前的恋与怨。

白杨在西风里无语,摇曳,
孤魂在墓窟的凄凉里寻味:
"从不享,可怜,祭扫的温慰,
有谁存念我生平的梗概!"

为要寻一个明星

我骑着一匹拐腿的瞎马,
　　向着黑夜里加鞭;——
　　向着黑夜里加鞭,
我跨着一匹拐腿的瞎马。

我冲入这黑绵绵的昏夜,
　　为要寻一颗明星;——
　　为要寻一颗明星,
我冲入这黑茫茫的荒野。

累坏了,累坏了我胯下的牲口,
　　那明星还不出现;——
　　那明星还不出现,
累坏了,累坏了马鞍上的身手。

这回天上透出了水晶似的光明,
　　荒野里倒着一只牲口,
　　黑夜里躺着一具尸首。——
这回天上透出了水晶似的光明!

作于一九二四年十一月二十三日;初刊于一九二四年十二月一日《晨报》六周年纪念增刊。

在那山道旁

初刊于一九二四年十二月二十五日《晨报·文学旬刊》。

在那山道旁,一天雾濛濛的朝上,
初生的小蓝花在草丛里窥觑,
我送别她归去,与她在此分离,
在青草里飘拂她的洁白的裙衣。

我不曾开言,她亦不曾告辞,
驻足在山道旁,我黯黯的寻思:
"吐露你的秘密,这不是最好时机?"
露湛的小草花,仿佛恼我的迟疑。

为什么迟疑,这是最后的时机,
在这山道旁,在这雾盲的朝上?
收集了勇气,向着她我旋转身去:——
但是阿!为什么她这满眼凄惶?

我咽住了我的话,低下了我的头:
火灼与冰激在我的心胸间回荡,
阿,我认识了我的命运,她的忧愁,——

在这浓雾里,在这凄清的道旁!

在那天朝上,在雾茫茫的山道旁,
新生的小蓝花在草丛里睥睨,
我目送她远去,与她从此分离——
在青草间飘拂她那洁白的裙衣!

雪花的快乐

作于一九二四年十二月三十日；初刊于一九二五年一月十七日《现代评论》第一卷第六期。

假如我是一朵雪花，
翩翩的在半空里潇洒，
　我一定认清我的方向——
　飞飏，飞飏，飞飏，——
这地面上有我的方向。

不去那冷寞的幽谷，
不去那凄清的山麓，
　也不上荒街去惆怅——
　飞飏，飞飏，飞飏，——
你看，我有我的方向！

在半空里娟娟的飞舞，
认明了那清幽的住处，
　等着她来花园里探望——
　飞飏，飞飏，飞飏，——
啊，她身上有朱砂梅的清香！

那时我凭藉我的身轻,
盈盈的,沾住了她的衣襟,
　　贴近她柔波似的心胸——
　　消溶,消溶,消溶——
溶入了她柔波似的心胸!

不再是我的乖乖

初刊于一九二五年一月十一日《京报》副刊。

一

前天我是一个小孩,
这海滩最是我的爱;
早起的太阳赛如火炉,
趁暖和我来做我的工夫:
捡满一衣兜的贝壳,
在这海砂上起造宫阙;
哦,这浪头来得凶恶,
冲了我得意的建筑——
我喊一声海,海!
你是我小孩儿的乖乖!

二

昨天我是一个"情种",
到这海滩上来发疯;
西天的晚霞慢慢的死,

血红变成姜黄,又变紫,
一颗星在半空里窥伺,
我匍伏在砂堆里画字,
一个字,一个字,又一个字,
谁说不是我心爱的游戏?
我喊一声海,海!
不许你有一点儿的更改!

三

今天!咳,为什么要有今天?
不比从前,没了我的疯癫,
再没有小孩时的新鲜,
这回再不来这大海的边沿!
头顶不见天光的方便,
海上只暗沉沉的一片,
暗潮侵蚀了砂字的痕迹,
却冲不淡我悲惨的颜色——
我喊一声海,海!
你从此不再是我的乖乖!

这是一个懦怯的世界

作于一九二五年二月。初刊于《志摩的诗》，中华书局一九二五年八月出版。

这是一个懦怯的世界，
　　容不得恋爱，容不得恋爱！
披散你的满头发，
赤露你的一双脚；
　　跟着我来，我的恋爱，
抛弃这个世界
殉我们的恋爱！

我拉着你的手，
爱，你跟着我走；
　　听凭荆棘把我们的脚心刺透，
　　听凭冰雹劈破我们的头，
你跟着我走，
我拉着你的手，
　　逃出了牢笼，恢复我们的自由！

　　跟着我来，
　　我的恋爱！

人间已经掉落在我们的后背，——

看呀，这不是白茫茫的大海？

白茫茫的大海，

白茫茫的大海，

  无边的自由，我与你与恋爱！

顺着我的指头看，

那天边一小星的蓝——

  那是一座岛，岛上有青草，

  鲜花，美丽的走兽与飞鸟；

快上这轻快的小艇，

去到那理想的天庭——

  恋爱，欢欣，自由——辞别了人间，永远！

她怕他说出口

初刊于一九二五年四月二十五日《晨报·文学旬刊》。

（朋友，我懂得那一条骨鲠，
　　难受不是？——难为你的咽喉；）
"看，那草瓣上蹲着一只蚱蜢，
　　那松林里的风声像是箜篌。"

（朋友，我明白，你的眼水里
　　闪动着你的真情的泪晶；）
"看那一双蝴蝶连翩的飞；
　　你试闻闻这紫兰花馨！"

（朋友，你的心在怦怦的动，
　　我的也不一定是安宁；）
"看，那一对雌雄的双虹！
　　在云天里卖弄着娉婷；"

（这不是玩，还是不出口的好，
　　我顶明白你灵魂里的秘密；）
"那是句致命的话，你得想到，

回头你再来追悔那又何必！"

（我不愿你进火焰里去遭罪，
　　就我——就我也不情愿受苦！）
"你看那双虹已经完全破碎；
　　花草里不见了蝴蝶儿飞舞。"

（耐着！美不过这半绽的花蕾；
　　何必再添深这颊上的薄晕？）
"回走吧，天色已是怕人的昏黑，——
　　明儿再来看鱼肚色的朝云！"

翡冷翠的一夜

你真的走了,明天?那我,那我,……
你也不用管,迟早有那一天;
你愿意记着我,就记着我,
要不然趁早忘了这世界上
有我,省得想起时空着恼,
只当是一个梦,一个幻想;
只当是前天我们见的残红,
怯怜怜的在风前抖擞,一瓣,
两瓣,落地,叫人踩,变泥……
唉,叫人踩,变泥——变了泥倒干净,
这半死不活的才叫是受罪,
看着寒伧,累赘,叫人白眼——
天呀!你何苦来,你何苦来……
我可忘不了你,那一天你来,
就比如黑暗的前途见了光彩,
你是我的先生,我爱,我的恩人,
你教给我甚么是生命,甚么是爱,
你惊醒我的昏迷,偿还我的天真,

没有你我那知道天是高，草是青？
你摸摸我的心，它这下跳得多快；
再摸我的脸，烧得多焦，亏这夜黑
看不见；爱，我气都喘不过来了，
别亲我了；我受不住这烈火似的活，
这阵子我的灵魂就像是火砖上的
熟铁，在爱的锤子下，砸，砸，火花
四散的飞洒……我晕了，抱着我，
爱，就让我在这儿清静的园内，
闭着眼，死在你的胸前，多美！
头顶白杨树上的风声，沙沙的，
算是我的丧歌，这一阵清风，
橄榄林里吹来的，带着石榴花香，
就带了我的灵魂走，还有那萤火，
多情的殷勤的萤火，有他们照路，
我到了那三环洞的桥上再停步，
听你在这儿抱着我半暖的身体，
悲声的叫我，亲我，摇我，哑我；……
我就微笑的再跟着清风走，
随他领着我，天堂，地狱，那儿都成，
反正丢了这可厌的人生，实现这死
在爱里，这爱中心的死不强如

五百次的投生?……自私,我知道,
可我也管不着……你伴着我死?
什么,不成双就不是完全的"爱死",
要飞升也得两对翅膀儿打伙,
进了天堂还不一样的要照顾,
我少不了你,你也不能没有我;
要是地狱,我单身去你更不放心,
你说地狱不定比这世界文明
(虽则我不信,)像我这娇嫩的花朵,
难保不再遭风暴,不叫雨打,
那时候我喊你,你也听不分明,——
那不是求解脱反投进了泥坑,
倒叫冷眼的鬼串通了冷心的人,
笑我的命运,笑你懦怯的粗心?
这话也有理,那叫我怎么办呢?
活着难,太难,就死也不得自由,
我又不愿你为我牺牲你的前程……
唉!你说还是活着等,等那一天!
有那一天吗?——你在,就是我的信心;
可是天亮你就得走,你真的忍心
丢了我走?我又不能留你,这是命;
但这花,没阳光晒,没甘露浸,

不死也不免瓣尖儿焦萎，多可怜！
你不能忘我，爱，除了在你的心里，
我再没有命；是，我听你的话，我等，
等铁树儿开花我也得耐心等；
爱，你永远是我头顶的一颗明星：
要是不幸死了，我就变一个萤火，
在这园里，挨著草根，暗沉沉的飞，
黄昏飞到半夜，半夜飞到天明，
只愿天空不生云，我望得见天，
天上那颗不变的大星，那是你，
但愿你为我多放光明，隔着夜，
隔着天，通着恋爱的灵犀一点……

六月十一日，一九二五年翡冷翠山中

海韵

初刊于一九二五年八月十七日《晨报·文学旬刊》。

一

"女郎,单身的女郎:
　你为什么留恋
　这黄昏的海边?——
女郎,回家吧,女郎!"
"阿不;回家我不回,
　我爱这晚风吹。"——
　在沙滩上,在暮霭里,
有一个散发的女郎——
　　　　徘徊,徘徊。

二

"女郎,散发的女郎,
　你为什么彷徨
　在这冷清的海上?
女郎,回家吧,女郎!"

"阿不；你听我唱歌,
　　大海,我唱,你来和。"——
　　在星光下,在凉风里,
轻荡着少女的清音——
　　　　　　高吟,低哦。

三

"女郎,胆大的女郎!
　　那天边扯起了黑幕,
　　这顷刻间有恶风波,——
女郎,回家吧,女郎!"
"阿不；你看我凌空舞,
　　学一个海鸥没海波。"——
　　在夜色里,在沙滩上,
急旋着一个苗条的身影,——
　　　　　　婆娑,婆娑。

四

"听呀,那大海的震怒,
　　女郎,回家吧,女郎!

看呀,那猛兽似的海波,
　　女郎,回家吧,女郎!"
"阿不,海波他不来吞我,
　　我爱这大海的颠簸!"——
在潮声里,在波光里,
阿,一个慌张的少女在海沫里,
　　　　　蹉跎,蹉跎。

五

"女郎,在那里,女郎?
　　在那里,你嘹亮的歌声,
在那里,你窈窕的身影?
　　在那里,阿,勇敢的女郎?"
黑夜吞没了星辉,
　　这海边再没有光芒;
海潮吞没了沙滩,
沙滩上再不见女郎,——
　　　　　再不见女郎!

1917年，徐志摩与泰戈尔在船上合影

1924年4月12日，泰戈尔在"热田丸号"轮船甲板上与徐志摩（右四）、张君劢（右三）、郑振铎（右二）等欢迎者合影

1924年，徐志摩与泰戈尔、林徽因合影于北京

1924年5月,徐志摩与林徽因、泰戈尔、恩厚之、林长民、张歆海、梁思成等在北京

多谢天！我的心又一度的跳荡

多谢天！我的心又一度的跳荡，
这天蓝与海青与明洁的阳光，
驱净了梅雨时期无欢的踪迹，
也散放了我心头的网罗与纽结，
像一朵曼陀罗花英英的露爽，
在空灵与自由中忘却了迷惘：——
迷惘迷惘！也不知来自何处，
囚禁着我心灵的自然的流露，
可怖的梦魇，黑夜无边的惨酷，
苏醒的盼切，只增剧灵魂的麻木！
曾经有多少的白昼，黄昏，清晨，
嘲讽我这蚕茧似不生产的生存？
也不知有几遭的明月，星群，晴霞，
山岭的高亢与流水的光华……
辜负！辜负自然界叫唤的殷勤，
惊不醒这沉醉的昏迷与顽冥！

如今多谢这无名的博大的光辉，

初刊于《志摩的诗》，中华书局一九二五年八月出版。

在艳色的青波与绿岛间萦洄，
更有那渔船与帆影，亭亭的黏附
在天边，唤起辽远的梦景与梦趣：
我不由的惊悚，我不由的感愧；
（有时微笑的妩媚是启悟的棒槌！）
是何来倏忽的神明，为我解脱
忧愁，新竹似的豁裂了外箨，
透露内里的青篁，又为我洗净
障眼的盲翳，重见宇宙间的欢欣。

这或许是我生命重新的机兆；
大自然的精神！容纳我的祈祷，
容许我的不踌躇的注视，容许
我的热情的献致，容许我保持
这显示的神奇，这现在与此地，
这不可比拟的一切间隔的毁灭！
我更不问我的希望，我的惆怅，
未来与过去只是渺茫的幻想，
更不向人间访问幸福的进门，
只求每时分给我不死的印痕，——
变一颗埃尘，一颗无形的埃尘，
追随着造化的车轮，进行，进行……

我有一个恋爱

我有一个恋爱,

我爱天上的明星,

我爱他们的晶莹:——

  人间没有这异样的神明!

在冷峭的暮冬的黄昏,

在寂寞的灰色的清晨,

在海上,在风雨后的山顶:——

  永远有一颗,万颗的明星!

山涧边小草花的知心,

高楼上小孩童的欢欣,

旅行人的灯亮与南针:——

  万万里外闪烁的精灵!

我有一个破碎的魂灵,

像一堆破碎的水晶,

散布在荒野的枯草里:——

初刊于一九二五年八月中华书局《志摩的诗》。

饱啜你一瞬瞬的殷勤。

人生的冰激与柔情，
我也曾尝味，我也曾容忍；
有时阶砌下蟋蟀的秋吟：——
　　引起我心伤，逼迫我泪零。

我袒露我的坦白的胸襟，
　　献爱与一天的明星；
任凭人生是幻是真，
地球存在或是消泯：——
　　大空中永远有不昧的明星！

春的投生

昨晚上,
再前一晚也是的,
在雷雨的猖狂中
春
　　投生入残冬的尸体。

不觉得脚下的松软,
耳鬓间的温驯吗?
树枝上浮着青,
潭里的水漾成无限的缠绵;
再有你我肢体上
胸膛间的异样的跳动;

桃花早已开上你的脸,
我在更敏锐的消受
你的媚,吞咽
你的连珠的笑;
你不觉得我的手臂

作于一九二五年;初刊于一九二九年十二月十日《新月》第二卷第二号。

更迫切的要求你的腰身,
我的呼吸投射到你的身上
如同万千的飞萤投向光焰?

这些,还有别的许多说不尽的,
和着鸟雀们的热情的回荡,
都在手携手的赞美着
春的投生。

二月二十八日

1924年11月,徐志摩(左二)与胡适、蒋梦麟等合影

徐志摩（左三）与泰戈尔在徐志摩家中合影

她是睡着了

　　她是睡着了——
星光下一朵斜欹的白莲；
　　她入梦境了——
香炉里袅起一缕碧螺烟。

　　她是眠熟了——
涧泉幽抑了喧响的琴弦；
　　她在梦乡了——
粉蝶儿，翠蝶儿，翻飞的欢恋。

　　停匀的呼吸：
清芬，渗透了她的周遭的清氛；
　　有福的清氛
怀抱着，抚摩着，她纤纤的身形！

　　奢侈的光阴！
静，沙沙的尽是闪亮的黄金，
　　平铺着无垠，

初刊于《志摩的诗》，中华书局一九二五年八月出版。

波鳞间轻漾着光艳的小艇。

　醉心的光景：
给我披一件彩衣，啜一坛芳醴，
　折一枝藤花，
舞，在葡萄丛中颠倒，昏迷。

　看呀，美丽！
三春的颜色移上了她的香肌，
　是玫瑰，是月季，
是朝阳里的水仙，鲜妍，芳菲！

　梦底的幽秘，
挑逗着她的心——她纯洁的灵魂——
　像一只蜂儿，
在花心恣意的唐突——温存。

　童真的梦境！
静默，休教惊断了梦神的殷勤；
　抽一丝金络，
抽一丝银络，抽一丝晚霞的紫曛。

玉腕与金梭,
织缣似的精审,更番的穿度——
　　化生了彩霞,
神阙,安琪儿的歌,安琪儿的舞。

　　可爱的梨涡,
解释了处女的梦境的欢喜,
　　像一颗露珠,
颤动的,在荷盘中闪耀着晨曦!

难得

初刊于《志摩的诗》,中华书局一九二五年八月出版。

难得,夜这般的清静,
　　难得,炉火这般的温,
更是难得,无言的相对,
　　一双寂寞的灵魂!

也不必筹营,也不必详论,
　　更没有虚骄,猜忌与嫌憎,
只静静的坐对着一炉火,
　　只静静的默数远巷的更。

喝一口白水,朋友,
　　滋润你的干裂的口唇;
你添上几块煤,朋友,
　　一炉的红焰感念你的殷勤。

在冰冷的冬夜,朋友,
　　人们方始珍重难得的炉薪;
在这冰冷的世界,
　　方始凝结了少数同情的心!

为谁

这几天秋风来得格外的尖厉:
　　我怕看我们的庭院,
　　树叶伤鸟似的猛旋,
　　中著了无形的利箭——
没了,全没了:生命,颜色,美丽!

就剩下西墙上的几道爬山虎:
　　他那豹斑似的秋色,
　　忍熬著风拳的打击,
　　低低的喘一声呜咽——
"我为你耐著!"他仿佛对我声诉。

他为我耐著!那艳色的秋萝,
　　但秋风不容情的追,
　　追,(摧残是他的恩惠!)
　　追尽了生命的余辉!——
这回墙上不见了勇敢的秋萝!

初刊于一九二五年八月中华书局《志摩的诗》。

今夜那青光的三星在天上，
　　倾听著秋后的空院，
　　悄悄的，更不闻呜咽：
　　落叶在泥土里安眠——
只我在这深夜，啊，为谁凄惘？

徐志摩（右一）与泰戈尔等合影

1928年，徐志摩（右一）与泰戈尔等人在印度合影

客中

今晚天上有半轮的下弦月；
　　我想携着她的手
　　往明月多处走——
一样是清光，我说，圆满或残缺。

园里有一树开剩的玉兰花；
　　她有的是爱花癖，
　　我爱看她的怜惜——
一样是芬芳，她说，满花与残花。

浓阴里有一只过时的夜莺；
　　她受了秋凉，
　　不如从前浏亮——
快死了，她说，但我不悔我的痴情！

但这莺，这一树花，这半轮月——
　　我独自沉吟，
　　对着我的身影——
她在那里，阿，为什么伤悲，凋谢，残缺？

一九二五年九月十日作；初刊于一九二五年十二月十日《晨报副刊》，署名海谷。

发什么感慨：这塔是镇压，这坟是掩埋。

再没有雷峰，雷峰从此掩埋在人的记忆中：

像曾经的幻梦、曾经的爱宠；

像曾经的幻梦、曾经的爱宠，

再没有雷峰，雷峰从此掩埋在人的记忆中。

九月，西湖。

一九二五年九月作,初刊于一九二五年十月五日《晨报副刊》,署名志摩。

再不见雷峰

再不见雷峰,雷峰坍成了一座大荒冢,
顶上有不少交抱的青葱;
顶上有不少交抱的青葱,
再不见雷峰,雷峰坍成了一座大荒冢。

为什么感慨,对着这光阴应分的摧残?
世上多的是不应分的变态;
世上多的是不应分的变态,
为什么感慨,对着这光阴应分的摧残?

为什么感慨:这塔是镇压,这坟是掩埋,
镇压还不如掩埋来得痛快!
镇压还不如掩埋来得痛快,
为什么感慨:这塔是镇压,这坟是掩埋。

别拧我，疼

"别拧我，疼，"……
你说，微锁着眉心。

那"疼"，一个精圆的半吐，
在舌尖上溜——转。

一双眼也在说话，
睛光里漾起
心泉的秘密。

梦
洒开了
轻纱的网。

"你在那里？"
"让我们死。"你说。

这年头活着不易

昨天我冒着大雨到烟霞岭下访桂：

  南高峰在烟霞中不见，

  在一家松茅铺的屋檐前

  我停步，问一个村姑今年

翁家山的桂花有没有去年开的媚。

那村姑先对着我身上细细的端详：

  活像只羽毛浸瘪了的鸟，

  我心想，她定觉得蹊跷，

  在这大雨天单身走远道，

倒来没来头的问桂花今年香不香。

"客人，你运气不好，来得太迟又太早：

  这里就是有名的满家弄，

  往年这时候到处香得凶，

  这几天连绵的雨，外加风，

弄得这稀糟，今年的早桂就算完了。"

作于一九二五年；初刊于一九二五年十月十二日《晨报副刊》。

果然这桂子林也不能给我点子欢喜：

　　枝上只见焦萎的细蕊，

　　看着凄惨，唉，无妄的灾！

　　为什么这到处是憔悴？

这年头活着不易！这年头活着不易！

西湖，九月。

我来扬子江边买一把莲蓬

我来扬子江边买一把莲蓬；
  手剥一层层莲衣，
  看江鸥在眼前飞，
  忍含着一眼悲泪——
我想着你，我想着你，阿小龙！

我尝一尝莲瓤，回味曾经的温存：——
  那阶前不卷的重帘，
  掩护着同心的欢恋，
  我又听着你的盟言，
"永远是你的，我的身体，我的灵魂。"

我尝一尝莲心，我的心比莲心苦；
  我长夜里怔忡，
  挣不开的噩梦，
  谁知我的苦痛？
你害了我，爱，这日子叫我如何过？

初刊于一九二五年十月二十九日《晨报副刊》。

但我不能责你负,我不忍猜你变,

　　我心肠只是一片柔:

　　你是我的!我依旧

　　将你紧紧的抱搂——

除非是天翻——但谁能想象那一天?

丁当——清新

檐前的秋雨在说什么？
　　它说摔了她，忧郁什么？
我手拿起案上的镜框，
　　在地平上摔一个丁当。

檐前的秋雨又在说什么？
　　"还有你心里那个留着做什么？"
蓦地里又听见一声清新——
　　这回摔破的是我自己的心！

作于一九二五年秋；初刊于一九二五年十二月一日《晨报》七周年纪念增刊。

梅雪争春

（纪念三一八）

南方新年里有一天下大雪，
我到灵峰去探春梅的消息；
残落的梅萼瓣瓣在雪里腌，
我笑说这颜色还欠三分艳！

运命说：你赶花朝节前回京，
我替你备下真鲜艳的春景：
白的还是那冷翩翩的飞雪，
但梅花是十三龄童的热血！

初刊于一九二六年四月一日《晨报副刊·诗镌》第一期，题名《梅雪争春》，署名志摩。

徐志摩、陆小曼结婚照

徐志摩、陆小曼蜜月照

再休怪我的脸沉

不要着恼,乖乖,不要怪嫌
　　我的脸绷得直长,
　　我的脸绷得是长,
可不是对你,对恋爱生厌。

不要凭空往大坑里盲跳:
　　胡猜是一个大坑,
　　这里面坑得死人;
你听我讲,乖,用不着烦恼。

你,我的恋爱,早就不是你:
　　你我早变成一身,
　　呼吸,命运,灵魂——
再没有力量把你我分离。

你我比是桃花接上竹叶,
　　露水合着嘴唇吃,
　　经脉胶成同命丝,

作于一九二六年四月二十二日;初刊于一九二六年四月二十九日《晨报副刊·诗镌》第五期。

单等春风到开一个满艳。

谁能怀疑他自创的恋爱？
　　　天空有星光耿耿，
　　　冰雪压不倒青春，
任凭海有时枯，石有时烂！

不是的，乖，不是对爱生厌！
　　　你胡猜我也不怪，
　　　我的样儿是太难，
反正我得对你深深道歉。

不错，我恼，恼的是我自己：
　　　（山怨土堆不够高；
　　　河对水私下唠叨。）
恨我自己为甚这不争气。

我的心（我信）比似个浅洼：
　　　跳动着几条泥鳅，
　　　积不住三尺清流，
盼不到天光，映不着彩霞。

又比是个力乏的朝山客：

  他望见白云缭绕，

  拥护着山远山高，

但他只能在倦废中沉默。

也不是不认识上天威力：

  他何尝甘愿绝望，

  空对着光阴怅惘——

你到深夜里来听他悲泣！

就说爱，我虽则有了你，爱，

  不愁在生命道上，

  感受孤立的恐慌，

但天知道我还想往上攀！

恋爱，我要更光明的实现：

  草堆里一个萤火，

  企慕着天顶星罗：

我要你我的爱高比得天！

我要那洗度灵魂的圣泉，

  洗掉这皮囊腌臜，

　　　　解放内里的囚犯,
化一缕轻烟,化一朵青莲。

这,你看,才叫是烦恼自找;
　　　从清晨直到黄昏,
　　　从天昏又到天明,
活动着我自剖的一把钢刀!

不是自杀,你得认个分明。
　　　劈去生活的余渣,
　　　为要生命的精华;
给我勇气,阿,唯一的亲亲!

给我勇气,我要的是力量,
　　　快来救我这围城,
　　　再休怪我的脸沉,
快来,乖乖,抱住我的思想!

半夜深巷琵琶

又被它从睡梦中惊醒,深夜里的琵琶!
　　是谁的悲思,
　　是谁的手指,
像一阵凄风,像一阵惨雨,像一阵落花,
　　在这夜深深时,
　　在这睡昏昏时,
挑动著紧促的弦索,乱弹著宫商角徵,
　　和著这深夜,荒街,
　　柳梢头有残月挂,
阿,半轮的残月,像是破碎的希望,给他
　　头戴一顶开花帽,
　　身上带著铁链条,
在光阴的道上疯了似的跳,疯了似的笑,
　　完了,他说,吹糊你的灯,
　　她在坟墓的那一边等,
等你去亲吻,等你去亲吻,等你去亲吻!

初刊于一九二六年五月二十日《晨报副刊·诗镌》第八期,署名志摩。

偶然

我是天空里的一片云,
偶尔投影在你的波心——
　　你不必讶异,
　　更无须欢喜——
在转瞬间消灭了踪影。

你我相逢在黑夜的海上,
你有你的,我有我的,方向;
　　你记得也好,
　　最好你忘掉,
在这交会时互放的光亮!

初刊于一九二六年五月二十七日《晨报》副刊《诗镌》第九期。

徐志摩与陆小曼

云裳公司成立时徐志摩与陆小曼

人变兽（战歌之二）

朋友，这年头真不容易过，
你出城去看光景就有数：——
柳林中有乌鸦们在争吵，
分不匀死人身上的脂膏；
城门洞里一阵阵的旋风起，
跳舞着没脑袋的英雄，
那田畦里碧葱葱的豆苗，
你信不信全是用鲜血浇！
还有那井边挑水的姑娘，
你问她为甚走道像带伤——
抹下西山黄昏的一天紫，
也涂不没这人变兽的耻！

初刊于一九二六年六月三日《晨报副刊·诗镌》。

"拿回吧，劳驾，先生"

阿，果然有今天，就不算如愿，
她这"我求你"也就够可怜！
"我求你，"她信上说，"我的朋友，
给我一个快电，单说你平安，
多少也叫我心宽。"叫她心宽：
扯来她忘不了的还是我——我，
虽则她的傲气从不肯认服；
害得我多苦，这几年叫痛苦
带住了我，像磨面似的尽磨！
还不快发电去，傻子，说太显——
或许不便，但也不妨占一点
颜色，叫她明白我不曾改变，
咳何止，这炉火更旺似从前！

我已经靠在发电处的窗前；
震震的手，写来震震的情电，
递给收电的那位先生，问这
该多少钱？但他看了看电文，

又看我一眼，迟疑的说："先生，
您没重打吧？方才半点钟前，
有一位年轻先生也来发电，
那地址，那人名，全跟这一样，
还有那电文，我记得对，我想，
也是这……先生，您明白，反正
意思相像，就这签名不一样！"
"吓，是吗？噢，可不是我真是昏！
发了又重发；拿回吧，劳驾，先生。"

两地相思

初刊于一九二六年六月十日《晨报副刊·诗镌》。

一 他——

今晚的月亮像她的眉毛,
　这弯弯的够多俏!
今晚的天空像她的爱情,
　这蓝蓝的够多深!
那样多是你的,我听她说,
　你再也不用疑惑;
给你这一团火,她的香唇,
　还有她更热的腰身!
谁说做人不该多吃点苦?——
　吃到了底才有数。
这来可苦了她,盼死了我,
　半年不是容易过!
她这时候,我想,正靠着窗,
　手托着俊俏脸庞,
在想,一滴泪正挂在腮边,
　像露珠沾上草尖:

在半忧愁半欢喜的预计,
　　计算着我的归期;
阿,一颗纯洁的爱我的心,
　　那样的专!那样的真!
还不催快你胯下的牲口,
　　趁月光清水似流,
趁月光清水似流,赶回家
　　去亲你唯一的她!

二　她——

今晚的月色又使我想起,
　　我半年前的昏迷,
那晚我不该喝那三杯酒,
　　添了我一世的愁;
我不该把自由随手给扔,——
　　活该我今儿的闷!
他待我倒真是一片至诚,
　　像竹园里的新笋,
不怕风吹,不怕雨打一样,
　　他还是往上滋长;
他为我吃尽了苦,就为我

他今天还在奔波；——
我又没有勇气对他明讲
　　我改变了的心肠！
今晚月儿弓样，到月圆时
　　我，我如何能躲避！
我怕，我爱，这来我真是难，
　　恨不能往地底钻；
可是你，爱，永远有我的心，
　　听凭我是浮是沉；
他来时要抱，我就让他抱，
（这葫芦不破的好，）
但每回我让他亲——我的唇，
　　爱，亲的是你的吻！

秋虫

秋虫,你为什么来?人间
早不是旧时候的清闲;
这青草,这白露,也是兽:
再也没有用,这些诗材!
黄金才是人们的新宠,
她占了白天,又霸住梦!
爱情:像白天里的星星,
她早就回避,早没了影。
天黑它们也不得回来,
半空里永远有乌云盖。
还有廉耻也告了长假,
他躲在沙漠地里住家;
花尽着开可结不成果,
思想被主义奸污得苦!
你别说这日子过得闷,
晦气脸的还在后面跟!
这一半也是灵魂的懒,
他爱躲在园子里种菜,

一九二七年秋作;初刊于一九二八年三月十日《新月》第一卷第一号,署名志摩。

"不管,"他说:"听他往下丑——
变猪,变蛆,变蛤蟆,变狗……
过天太阳羞得遮了脸,
月亮残阙了再不肯圆,
到那天人道真灭了种,
我再来打——打革命的钟!"

一九二七年秋

哈代

哈代,厌世的,不爱活的,
　　这回再不用怨言,
一个黑影蒙住他的眼?
　　去了。他再不露脸。

八十七年不容易过,
　　老头活该他的受,
抗着一肩思想的重负,
　　早晚都不得放手。

为什么放着甜的不尝,
　　暖和的座儿不坐,
偏挑那阴凄的调儿唱,
　　辣味儿辣得口破。

他是天生那老骨头僵,
　　一对眼拖着看人,
他看着了谁谁就遭殃,

初刊于一九二八年三月十日《新月》第一卷第一号。

你不用跟他讲情！

他就爱把世界剖着瞧，
　　是玫瑰也给拆坏；
他没有那画眉的纤巧，
　　他有夜鸮的古怪！

古怪，他争的就只一点——
　　一点灵魂的自由，
也不是成心跟谁翻脸，
　　认真就得认个透。

他可不是没有他的爱——
　　他爱真诚，爱慈悲：
人生就说是一场梦幻，
　　也不能没有安慰。

这日子你怪得他惆怅，
　　怪得他话里有刺：
他说乐观是"死尸脸上
　　抹着粉，搽着胭脂！"

这不是完全放弃希冀,
  宇宙还得往下延,
但如果前途还有生机,
  思想先不能随便。

为维护这思想的尊严,
  诗人他不敢怠惰,
高擎着理想,睁大着眼
  抉剔人生的错误。

现在他去了,再不说话,
  (你听这四野的静,)
你爱忘了他就忘了他
  (天吊明哲的凋零!)

旧历元旦

我不知道风是在那一个方向吹

初刊于一九二八年三月十日《新月》第一卷第一号。

我不知道风

是在那一个方向吹——

我是在梦中,

在梦的轻波里依洄。

我不知道风

是在那一个方向吹——

我是在梦中,

她的温存我的迷醉。

我不知道风

是在那一个方向吹——

我是在梦中,

甜美是梦里的光辉。

我不知道风

是在那一个方向吹——

我是在梦中,

她的负心,我的伤悲。

我不知道风
是在那一个方向吹——
我是在梦中,
在梦的悲哀里心碎!

我不知道风
是在那一个方向吹——
我是在梦中,
黯淡是梦里的光辉。

生活

阴沉，黑暗，毒蛇似的蜿蜒，
生活逼成了一条甬道：
一度陷入，你只可向前，
手扪索着冷壁的黏潮，

在妖魔的脏腑内挣扎，
头顶不见一线的天光，
这魂魄，在恐怖的压迫下，
除了消灭更有什么愿望？

五月二十九日

作于一九二八年；初刊于一九二九年五月十日《新月》第二卷第三号。

徐志摩、陆小曼杭州留影

徐志摩（后排右六）、陆小曼（前排右四）与友人合影

恋爱到底是什么一回事

恋爱他到底是什么一回事?——
他来的时候我还不曾出世;
太阳为我照上了二十几个年头,
我只是个孩子,认不识半点愁;
忽然有一天——我又爱又恨那一天——
我心坎里痒齐齐的有些不连牵,
那是我这辈子第一次的上当,
有人说是受伤——你摸摸我的胸膛——
他来的时候我还不曾出世,
恋爱他到底是什么一回事?

这来我变了,一只没笼头的马,
跑遍了荒凉的人生的旷野;
又像是那古时间献璞玉的楚人,
手指着心窝,说这里面有真有真,
你不信时一刀拉破我的心头肉,
看那血淋淋的一掬是玉不是玉;
血!那无情的宰割,我的灵魂!

初刊于《志摩的诗》,新月书店一九二八年八月出版。

是谁逼迫我发最后的疑问?

疑问！这回我自己幸喜我的梦醒，
上帝，我没有病，再不来对你呻吟！
我再不想成仙，蓬莱不是我的分；
我只要这地面，情愿安分的做人，——
从此再不问恋爱是什么一回事，
反正他来的时候我还不曾出世！

他眼里有你

我攀登了万仞的高冈,
荆棘扎烂了我的衣裳,
我向飘渺的云天外望——
　　上帝,我望不见你!

我向坚厚的地壳里掏,
捣毁了蛇龙们的老巢,
在无底的深潭里我叫——
　　上帝,我听不到你!

我在道旁见一个小孩:
活泼,秀丽,褴褛的衣衫;
他叫声妈,眼里亮着爱——
　　上帝,他眼里有你!

十一月二日星家坡

初刊于一九二八年十二月十日《新月》第一卷第十号。

再别康桥

作于一九二八年；初刊于一九二八年十二月十日《新月》第一卷第十号。

轻轻的我走了,
　　正如我轻轻的来；
我轻轻的招手,
　　作别西天的云彩。

那河畔的金柳,
　　是夕阳中的新娘；
波光里的艳影,
　　在我的心头荡漾。

软泥上的青荇,
　　油油的在水底招摇；
在康河的柔波里,
　　我甘心做一条水草！

那榆荫下的一潭,
　　不是清泉,是天上虹,
揉碎在浮藻间,

沉淀着彩虹似的梦。

寻梦？撑一支长篙，
　　向青草更青处漫溯，
满载一船星辉，
　　在星辉斑斓里放歌。

但我不能放歌，
　　悄悄是别离的笙箫；
夏虫也为我沉默，
　　沉默是今晚的康桥！

悄悄的我走了，
　　正如我悄悄的来；
我挥一挥衣袖，
　　不带走一片云彩。

十一月六日中国海上

枉然

你枉然用手锁着我的手,
女人,用口擒住我的口,
枉然用鲜血注入我的心,
火烫的泪珠见证你的真;

迟了!你再不能叫死的复活,
从灰土里唤起原来的神奇:
纵然上帝怜念你的过错,
他也不能拿爱再交给你!

活该

活该你早不来!
热情已变死灰。

提什么已往?——
枯髅的磷光!

将来?——各走各的道,
长庚管不着"黄昏晓"。

爱是痴,恨也是傻;
谁点得清恒河的沙?

不论你梦有多么圆,
周围是黑暗没有边。

比是消散了的诗意,
趁早掩埋你的旧忆。

作于一九二九年七月三十一日;初刊于一九二九年十一月十日《新月》第二卷第九号。

这苦脸也不用装,
到头儿总是个忘。

得!我就再亲你一口:
热热的!去,再不许停留。

我等候你

我等候你。
我望着户外的昏黄
如同望着将来,
我的心震盲了我的听。
你怎还不来?希望
在每一秒钟上允许开花。
我守候着你的步履,
你的笑语,你的脸,
你的柔软的发丝,
守候着你的一切;
希望在每一秒钟上
枯死——你在那里?
我要你,要得我心里生痛,
我要你的火焰似的笑,
要你的灵活的腰身,
你的发上眼角的飞星;
我陷落在迷醉的氛围中,
像一座岛,

初刊于一九二九年十月十日《新月》第二卷第八号。

在蟒绿的海涛间，不自主的在浮沉……

喔，我迫切的想望

你的来临，想望

那一朵神奇的优昙

开上时间的顶尖！

你为什么不来，忍心的？

你明知道，我知道你知道，

你这不来于我是致命的一击，

打死我生命中午放的阳春，

教坚实如矿里的铁的黑暗，

压迫我的思想与呼吸；

打死可怜的希冀的嫩芽，

把我，囚犯似的，交付给

妒与愁苦，生的羞惭

与绝望的惨酷。

这也许是痴。竟许是痴。

我信我确然是痴；

但我不能转拨一支已然定向的舵，

万方的风息都不容许我犹豫——

我不能回头，运命驱策着我！

我也知道这多半是走向

毁灭的路；但

为了你，为了你
我什么也都甘愿；
这不仅我的热情，
我的仅有的理性亦如此说。
痴！想磔碎一个生命的纤微
为要感动一个女人的心！
想博得的，能博得的，至多是
她的一滴泪，
她的一阵心酸，
竟许一半声漠然的冷笑；
但我也甘愿，即使
我粉身的消息传到
她的心里如同传给
一块顽石，她把我看作
一只地穴里的鼠，一条虫，
我还是甘愿！
痴到了真，是无条件的，
上帝他也无法调回一个
痴定了的心，如同一个将军
有时调回已上死线的士兵。
枉然，一切都是枉然，
你的不来是不容否认的实在，

虽则我心里烧着泼旺的火,

饥渴着你的一切,

你的发,你的笑,你的手脚;

任何的痴想与祈祷

不能缩短一小寸

你我间的距离!

户外的昏黄已然

凝聚成夜的乌黑,

树枝上挂着冰雪,

鸟雀们典去了它们的啁啾,

沉默是这一致穿孝的宇宙。

钟上的针不断的比着

玄妙的手势,像是指点,

像是同情,像是嘲讽,

每一次到点的打动,我听来是

我自己的心的

活埋的丧钟。

徐志摩与陆小曼花园留影

秋月

一九三〇年十月中旬作;初刊于一九三〇年十一月《现代学生》第一卷第二期。

一样是月色,
今晚上的,因为我们都在抬头看——
看它,一轮腴满的妩媚,
从乌黑得如同暴徒一般的
云堆里升起——
看得格外的亮,分外的圆。
它展开在道路上,
它飘闪在水面上,
它沈浸在
水草盘结得如同忧愁般的
水底;
它睥睨在古城的雉堞上,
万千的城砖在它的清亮中
呼吸,
它抚摩着
错落在城厢外面的墓墟,
在宿鸟的断续的呼声里,
想见新旧的鬼,

也和我们似的相依偎的站着,

眼珠放着光,

咀嚼着彻骨的阴凉;

银色的缠绵的诗情

如同水面的星磷,

在露盈盈的空中飞舞。

听那四野的吟声——

永恒的卑微的谐和,

悲哀揉和着欢畅,

怨仇与恩爱,

晦冥交抱着火电,

在这敻绝的秋夜与秋野的

苍茫中,

"解化"的伟大

在一切纤微的深处

展开了

婴儿的微笑!

十月中

爱的灵感

——奉适之

下面这些诗行好歹是他撩拨出来的,正如这十年来大多数的诗行好歹是他撩拨出来的!

不妨事了,你先坐着罢。
这阵子可不轻,我当是
已经完了,已经整个的
脱离了这世界,飘渺的,
不知到了那儿。仿佛有
一朵莲花似的云拥着我,
(她脸上浮着莲花似的笑)
拥着到远极了的地方去……
唉,我真不希罕再回来,
人说解脱,那许就是罢!
我就像是一朵云,一朵
纯白的,纯白的云,一点
不见分量,阳光抱着我,
我就是光,轻灵的一球,

初刊于一九三二年一月二十日《诗刊》第一期。

往远处飞,往更远处飞;

什么累赘,一切的烦愁,

恩情,痛苦,怨,全都远了;

就是你——请你给我口水,

是橙子吧,上口甜着哪——

就是你,你是我的谁呀!

就你也不知那里去了:

就有也不过是晓光里

一发的青山,一缕游丝,

一翳微妙的晕;说至多

也不过如此,你再要多

我那朵云也不能承载,

你,你得原谅,我的冤家!……

不碍,我不累,你让我说,

我只要你睁着眼,就这样,

叫哀怜与同情,不说爱,

在你的泪水里开着花,

我陶醉着它们的幽香;

在你我这最后,怕是吧,

一次的会面,许我放娇,

容许我完全占定了你,

就这一晌,让你的热情,

像阳光照着一流幽涧,
透澈我的凄冷的意识;
你手把住我的,正这样,
你看你的壮健,我的衰,
容许我感受你的温暖,
感受你在我血液里流,
鼓动我将次停歇的心,
留下一个不死的印痕:
这是我唯一,唯一的祈求……
好,我再喝一口,美极了,
多谢你。现在你听我说。
但我说什么呢?到今天,
一切事都已到了尽头,
我只等待死,等待黑暗,
我还能见到你,偎着你,
真像情人似的说着话,
因为我够不上说那个,
你的温柔春风似的围绕,
这于我是意外的幸福,
我只有感谢,(她合上眼。)
什么话都是多余,因为
话只能说明能说明的,

更深的意义，更大的真，
朋友，你只能在我的眼里，
在枯干的泪伤的眼里
认取。
我是个平常的人，
我不能盼望在人海里
值得你一转眼的注意。
你是天风：每一个浪花
一定得感到你的力量，
从它的心里激出变化，
每一根小草也一定得
在你的踪迹下低头，在
绿的颤动中表示惊异；
但谁能止限风的前程，
他横掠过海，作一声吼，
狮虎似的扫荡着田野，
当前是冥茫的无穷，他
如何能想起曾经呼吸
到浪的一花，草的一瓣？
遥远是你我间的距离；
远，太远！假如一只夜蝶
有一天得能飞出天外，

在星的烈焰里去变灰

（我常自己想）那我也许

有希望接近你的时间。

唉，痴心，女子是有痴心的，

你不能不信罢？有时候

我自己也觉得真奇怪，

心窝里的牢结是谁给

打上的？为什么打不开？

那一天我初次望到你，

你闪亮得如同一颗星，

我只是人丛中的一点，

一撮沙土，但一望到你，

我就感到异样的震动，

猛袭到我生命的全部，

真像是风中的一朵花，

我内心摇晃得像昏晕，

脸上感到一阵的火烧，

我觉得幸福，一道神异的

光亮在我的眼前扫过，

我又觉得悲哀，我想哭，

纷乱占据了我的灵府。

但我当时一点不明白，

不知这就是陷入了爱!
"陷入了爱",真是的! 前缘,
孽债,不知到底是什么?
但从此我再没有平安,
是中了毒,是受了催眠,
教运命的铁链给锁住,
我再不能踌躇:我爱你!
从此起我的一瓣瓣的
思想都染着你,在醒时,
在梦里,想躲也躲不去,
我抬头望,蓝天里有你,
我开口唱,悠扬里有你,
我要遗忘,我向远处跑,
另走一道,又碰到了你!
枉然是理智的殷勤,因为
我不是盲目,我只是痴!
但我爱你,我不是自私。
爱你,但永不能接近你。
爱你,但从不要享受你。
即使你来到我的身边,
我许向你望,但你不能
丝毫觉察到我的秘密。

我不妒忌，不艳羡，因为
我知道你永远是我的，
它不能脱离我正如我
不能躲避你，别人的爱
我不知道，也无须知晓，
我的是我自己的造作，
正如那林叶在无形中
收取早晚的霞光，我也
在无形中收取了你的。
我可以，我是准备，到死
不露一句，因为我不必。
死，我是早已望见了的。
那天爱的结打上我的
心头，我就望见死，那个
美丽的永恒的世界；死，
我甘愿的投向，因为它
是光明与自由的诞生。
从此我轻视我的躯体，
更不计较今世的浮荣，
我只企望着更绵延的
时间来收容我的呼吸，
灿烂的星做我的眼睛，

我的发丝，那般的晶莹，
是纷披在天外的云霞，
博大的风在我的腋下
胸前眉宇间盘旋，波涛
冲洗我的胫踝，每一个
激荡涌出光艳的神明！
再有电火做我的思想，
天边掣起蛇龙的交舞，
雷震我的声音，蓦地里
叫醒了春，叫醒了生命。

无可思量，呵，无可比况，
这爱的灵感，爱的力量！
正如旭日的威棱扫荡
田野的迷雾，爱的来临
也不容平凡，卑琐以及
一切的庸俗侵占心灵
它那原来青爽的平阳。
我不说死吗？再不畏惧，
更没有疑虑，再不吝惜
这躯体如同一个财虏，
我勇猛的用我的时光。

用我的时光,我说?天哪,
这多少年是亏我过的!
没有朋友,离背了家乡,
我投到那寂寞的荒城,
在老农中间学做老农,
穿着大布,脚登着草鞋,
栽青的桑,栽白的木棉,
在天不曾放亮时起身,
手搅着泥,头戴着炎阳,
我做工,满身浸透了汗,
一颗热心抵挡着劳倦;
但渐次的我感到趣味,
收拾一把草如同珍宝,
在泥水里照见我的脸,
涂着泥,在坦白的云影
前不露一些羞愧!自然
是我的享受;我爱秋林,
我爱晚风的吹动,我爱
枯苇在晚凉中的颤动,
半残的红叶飘摇到地,
鸦影侵入斜日的光圈;
更可爱是远寺的钟声

交挽村舍的炊烟共做
静穆的黄昏！我做完工，
我慢步的归去，冥茫中
有飞虫在交哄，在天上
有星，我心中亦有光明！
到晚上我点上一支蜡，
在红焰的摇曳中照出
板壁上唯一的画像，
独立在旷野里的耶稣，
（因为我没有你的除了
悬在我心里的那一幅，）
到夜深静定时我下跪，
望着画像做我的祈祷，
有时我也唱，低声的唱，
发放我的热烈的情愫
缕缕青烟似的上通到天。
但有谁听到，有谁哀怜？
你踞坐在荣名的顶巅，
有千万人迎着你鼓掌，
我，陪伴我有冷，有黑夜，
我流着泪，独跪在床前！
一年，又一年，再过一年，

新月望到圆,圆望到残,
寒雁排成了字,又分散,
鲜艳长上我手栽的树,
又叫一阵风给刮做灰。
我认识了季候,星月与
黑夜的神秘,太阳的威;
我认识了地土,它能把
一颗子培成美的神奇,
我也认识一切的生存,
爬虫,飞鸟,河边的小草,
再有乡人们的生趣,我
也认识,他们的单纯与
真,我都认识。

   跟着认识
是愉快,是爱,再不畏虑
孤寂的侵凌。那三年间
虽则我的肌肤变成粗,
焦黑薰上脸,剥坼刻上
手脚,我心头只有感谢:
因为照亮我的途径有
爱,那盏神灵的灯,再有
劳苦给我精力,推着我

向前,使我怡然的承当
更大的劳苦,更多的险。
你奇怪吧,我有那能耐?
不可思量是爱的灵感!
我听说古时间有一个
孝女,她为救她的父亲
胆敢上犯君王的天威,
那是纯爱的驱使我信。
我又听说法国中古时
有一个乡女子叫贞德,
她有一天忽然脱去了
她的村服,丢了她的羊,
穿上戎装拿着刀,带领
十万兵,高叫一声"杀贼",
就冲破了敌人的重围,
救全了国。那也一定是
爱!因为只有爱能给人
不可理解的英勇和胆;
只有爱能使人睁开眼,
认识真,认识价值;只有
爱能使人全神的奋发,
向前闯,为了一个目标,

忘了火是能烧,水能淹。
正如没有光热,这地上
就没有生命,要不是爱,
那精神的光热的根源,
一切光明的惊人的事
也就不能有。
　　　　啊,我懂得!
我说"我懂得"我不惭愧:
因为天知道我这几年,
独自一个柔弱的女子,
投身到灾荒的地域去,
走千百里巉岈的路程,
自身挨着饿冻的惨酷
以及一切不可名状的
苦处说来够写几部书,
是为了什么?为了什么
我把每一个老年灾民
不问他是老人是老妇,
当作生身父母一样看,
每一个儿女当作自身
骨血,即使不能给他们
救度,至少也要吹几口

同情的热气到他们的

脸上,叫他们从我的手

感到一个完全在爱的

纯净中生活着的同类?

为了什么我甘愿哺啜

在平时乞丐都不屑的

饮食,吞咽腐朽与肮脏

如同可口的膏粱;甘愿

在尸体的恶臭能醉倒

人的村落里工作如同

发见了什么珍异?为了

什么?就为"我懂得",朋友,

你信不?我不说,也不能

说,因为我心里有一个

不可能的爱所以发放

满怀的热到另一方向,

也许我即使不知爱也

能同样做谁知道,但我

总得感谢你,因为从你

我获得生命的意识和

在我内心光亮的点上,

又从意识的沉潜引渡

到一种灵界的莹澈，又
从此产生智慧的微芒
与无穷尽的精神的勇。
啊，假如你能想象我在
灾地时一个夜的看守！
一样的天，一样的星空，
我独自在旷野里或在
桥梁边或在剩有几簇
残花的藤蔓的村篱旁
仰望，那时天际每一个
光亮都为我生着意义，
我饮咽它们的美如同
音乐，奇妙的韵味通流
到内脏与百骸，坦然的
我承受这天赐不觉得
虚怯与羞惭，因我知道
不为己的劳作虽不免
疲乏体肤，但它能拂拭
我们的灵窍如同琉璃，
利便天光无碍的通行。

我话说远了不是？但我

已然诉说到我最后的
回目,你纵使疲倦也得
听到底,因为别的机会
再不会来。你看我的脸
烧红得如同石榴的花,
这是生命最后的光焰,
多谢你不时的把甜水
浸润我的咽喉,要不然
我一定早叫喘息窒死。
你的"懂得"是我的快乐。
我的时刻是可数的了,
我不能不赶快!
　　　　我方才
说过我怎样学农,怎样
到灾荒的魔窟中去伸
一只柔弱的奋斗的手。
我也说过我灵的安乐
对满天星斗不生内疚。
但我终究是人是软弱,
不久我的身体得了病,
风雨的毒浸入了纤微,
酿成了猖狂的热。我哥

将我从昏盲中带回家，
我奇怪那一次还不死，
也许因为还有一种罪
我必得在人间受。他们
叫我嫁人，我不能推托。
我或许要反抗假如我
对你的爱是次一等的，
但因我的既不是时空
所能衡量，我即不计较
分秒间的短长。我做了
新娘，我还做了娘，虽则
天不许我的骨血存留。
这几年来我是个木偶，
一堆任凭摆布的泥土；
虽则有时也想到你，但
这想到是正如我想到
西天的明霞或一朵花，
不更少也不更多。同时
病，一再的回复，销蚀了
我的躯壳，我早准备死，
怀抱一个美丽的秘密，
将永恒的光明交付给

无涯的幽冥。我如果有
一个母亲我也许不忍
不让她知道,但她早已
死去,我更没有沾恋;我
每次想到这一点便忍
不住微笑漾上了口角。
我想我死去再将我的
秘密化成仁慈的风雨,
化成指点希望的长虹,
化成石上的苔藓,葱翠
淹没它们的冥顽;化成
黑暗中翅膀的舞,化成
农时的鸟歌;化成水面
锦绣的文章;化成波涛,
永远宣扬宇宙的灵通;
化成月的惨绿在每个
睡孩的梦上添深颜色;
化成星系间的妙乐……
最后的转变是未料的,
天不遂我理想的心愿,
又叫在热谵中漏泄了
我的怀内的珠光!但我

再也不梦想你竟能来，

血肉的你与血肉的我

竟能在我临去的俄顷

陶然的相偎倚，我说，你

听，你听，我说。真是奇怪，

这人生的聚散！

    现在我

真，真可以死了，我要你

这样抱着我直到我去，

直到我的眼再不睁开，

直到我飞，飞，飞去太空，

散成沙，散成光，散成风，

啊苦痛，但苦痛是短的，

是暂时的；快乐是长的，

爱是不死的：

    我，我要睡……

十二月二十五日早六时完成

山中

庭院是一片静,
　　听市谣围抱;
织成一地松影——
　　看当头月好!

不知今夜山中
　　是何等光景;
想也有月,有松,
　　有更深的静。

我想攀附月色,
　　化一阵清风,
吹醒群松春醉,
　　去山中浮动;

吹下一针新碧,
　　掉在你窗前;
轻柔如同叹息——
　　不惊你安眠!

一九三一年四月一日作;初刊于一九三一年四月二十日《诗刊》第二期,署名志摩。

两个月亮

初刊于一九三一年四月二十日《诗刊》第二期。

我望见有两个月亮：
一般的样，不同的相。

一个这时正在天上，
披敞着雀毛的衣裳；
她不吝惜她的恩情，
满地全是她的金银。
她不忘故宫的琉璃，
三海间有她的清丽。
她跳出云头，跳上树，
又躲进新绿的藤萝。
她那样玲珑，那样美，
水底的鱼儿也得醉！
但她有一点子不好，
她老爱向瘦小里耗；
有时满天只见星点，
没了那迷人的圆脸，
虽则到时候照样回来，

但这份相思有些难挨!

还有那个你看不见,
虽则不提有多么艳!
她也有她醉涡的笑,
还有转动时的灵妙;
说慷慨她也从不让人,
可惜你望不到我的园林!
可贵是她无边的法力,
常把我灵波向高里提:
我最爱那银涛的汹涌,
浪花里有音乐的银钟;
就那些马尾似的白沫,
也比得珠宝经过雕琢。
 一轮完美的明月,
  又况是永不残缺!
只要我闭上这一双眼,
她就婷婷的升上了天!

四月二日月圆深夜

在病中

初刊于一九三一年十月五日《诗刊》第三期。

我是在病中,这恹恹的倦卧,
看窗外云天,听木叶在风中……
是鸟语吗?院中有阳光暖和,
一地的衰草,墙上爬着藤萝,
有三五斑猩的,苍的,在颤动。
一半天也成泥……
　　　　　　　城外,啊西山!
太辜负了,今年,翠微的秋容!
那山中的明月,有弯,也有环;
黄昏时谁在听白杨的哀怨?
谁在寒风里赏归鸟的群喧?
有谁上山去漫步,静悄悄的,
去落叶林中检三两瓣菩提?
有谁去佛殿上披拂着尘封,
在夜色里辨认金碧的神容?

这病中心情:一瞬瞬的回忆,
如同天空,在碧水潭中过路,

透映在水纹间斑驳的云翳；

又如阴影闪过虚白的墙隅，

瞥见时似有，转眼又复消散；

又如缕缕炊烟才袅袅，又断……

又如暮天里不成字的寒雁，

飞远，更远，化入远山，化作烟！

又如在暑夜看飞星，一道光

碧银银的抹过，更不许端详。

又如兰蕊的清芬偶尔飘过，

谁能留住这没影踪的婀娜？

又如远寺的钟声，随风吹送，

在春宵，轻摇你半残的春梦！

二十年五月续成七年前残稿

火车禽住轨

作于一九三一年七月十九日；初刊于一九三一年十月五日《诗刊》第三期。

火车禽住轨，在黑夜里奔：
过山，过水，过陈死人的坟；

过桥，听钢骨牛喘似的叫，
过荒野，过门户破烂的庙；

过池塘，群蛙在黑水里打鼓，
过噤口的村庄，不见一粒火；

过冰清的小站，上下没有客，
月台袒露着肚子，像是罪恶。

这时车的呻吟惊醒了天上
三两个星，躲在云缝里张望：

那是干什么的，他们在疑问，
大凉夜不歇着，直闹又是哼；

长虫似的一条,呼吸是火焰,
一死儿往暗里闯,不顾危险,

就凭那精窄的两道,算是轨,
驮着这份重,梦一般的累坠。

累坠!那些奇异的善良的人,
放平了心安睡,把他们不论;

俊的村的命全盘交给了它,
不问爬的是高山还是低洼,

不问深林里有怪鸟在诅咒,
天象的辉煌全对着毁灭走;

只图眼前过得,裂大嘴打呼,
明儿车一到,抢了皮包走路!

这态度也不错!愁没有个底;
你我在天空,那天也不休息,

睁大了眼,什么事都看分明,

但自己又何尝能支使运命？

说什么光明，智慧永恒的美，
彼此同是在一条线上受罪；

就差你我的寿数比他们强，
这玩艺反正是一片糊涂账。

云游

那天你翩翩的在空际云游,
自在,轻盈,你本不想停留
在天的那方或地的那角,
你的愉快是无拦阻的逍遥。
你更不经意在卑微的地面
有一流涧水,虽则你的明艳
在过路时点染了他的空灵,
使他惊醒,将你的倩影抱紧。

他抱紧的只是绵密的忧愁,
因为美不能在风光中静止;
他要,你已飞度万重的山头,
去更阔大的湖海投射影子!
他在为你消瘦,那一流涧水,
在无能的盼望,盼望你飞回!

以《献词》为题,初刊于《猛虎集》。后收入《云游》,新月书店一九三二年七月出版。

你去

你去,我也走,我们在此分手;
你上那一条大路,你放心走,
你看那街灯一直亮到天边,
你只消跟从这光明的直线!
你先走,我站在此地望着你,
放轻些脚步,别教灰土扬起,
我要认清你的远去的身影,
直到距离使我认你不分明。
再不然我就叫响你的名字,
不断的提醒你有我在这里,
为消解荒街与深晚的荒凉,
目送你归去……
　　　　不,我自有主张,
你不必为我忧虑;你走大路,
我进这条小巷,你看那棵树,
高抵着天,我走到那边转弯,
再过去是一片荒野的凌乱:
有深潭,有浅洼,半亮着止水,

一九三一年八月作;初刊于一九三一年十月五日《诗刊》第三期。

在夜芒中像是纷披的眼泪；

有石块，有钩刺胫踝的蔓草，

在期待过路人疏神时绊倒！

但你不必焦心，我有的是胆，

凶险的途程不能使我心寒。

等你走远了，我就大步向前，

这荒野有的是夜露的清鲜；

也不愁愁云深里，但须风动，

云海里便波涌星斗的流汞；

更何况永远照彻我的心底，

有那颗不夜的明珠，我爱你！

Xu Zhimo's
Poetry Collection